子供の詩の庭

ロバート・ルイス・スティーヴンソン

マートル・シェルドン＝絵

池澤春菜・池澤夏樹＝訳

毎日新聞出版

まえがき

　わたしはこの本の詩を、ほとんど「ぼく」という一人称で訳しました。でもこれは、男の子の詩ではありません。特定の性別のため、特定の年齢のための詩ではありません。

　わたしはかつて、男の子でした。
　子供向けのアニメの中でのことです。どうやったら、男の子として嘘のないお芝居ができるのか、たくさん考え、観察して気がついたのは、声を変えたり、男の子のフリをしなくてもいい、ということでした。
　わたしの中にいる、空を飛ぶことに憧れ、草の上を裸足で走ることが好きで、いつかケーキを丸ごと食べてみたいと思い、世界の広さにわくわくしながら、何かになることを夢見ていた子供、そのままで良かったのです。

思い切り笑って泣いて、何度転んでも起き上がって走り出す「ぼく」でいることは、無上の幸せでした。
　同じように、誰の中にもきっと「ぼく」はいます。

　心の中には、あなた以外入れない、秘密の庭があります。
　この詩の庭では、葉っぱの船で大海原にこぎ出してみたり、砂漠に埋もれた大昔の町を探検したり、ケーキと林檎を持って見えない友達と出かけたり、「ぼく」に戻って思い切り遊ぶことができます。大きな人でいることに疲れてしまったら、この庭に帰って来て下さい。
　スティーヴンソンの優しい言葉と世界を見る眼差しが、あなたの心の庭の扉を開く、鍵になりますように。

池澤春菜

目次

池澤春菜 ——— $\mathscr{H}$

池澤夏樹 ——— $\mathscr{N}$

装丁＝川名 潤

A CHILD'S
GARDEN of VERSES

子供の詩の庭

A Child's Garden of Verses

1885

夏のベッド　Bed in Summer

冬なら夜のうちに起きる
黄色い蠟燭の光で着替える
夏はぜんぜん逆なんだ
昼間のうちに寝なきゃならない

寝床に入って見てみれば
小鳥はまだ木の枝で跳ねているし
表の道を行く大人の足音が
家の前を過ぎるのが聞こえる

これはけっこう辛いことなんだ
空はすっかり晴れてすっかり青いのに
遊びたいことはまだたくさんあるのに
昼間のうちに寝床に入るってのは

N

子供の愚痴というところがかわいい。スティ
ーヴンソンが生まれ育ったスコットランドの
夏と冬のことは「あとがき」に書いた。この
タイトルのBedは「寝床に入る」という動詞
だろうが「就眠」と訳すと子供らしくない。

N

楽しい遊び　A Good Play

階段の上はぼくらの船だ
ベッドルームの椅子を全部持ち出して
それからソファのクッションもみんな
帆を張って大海原にこぎだした

のこぎりと、釘も何本か持っていこう
お水はバケツに入れておこう
トムが言うには
「リンゴとケーキも持っていこうよ」
ぼくとトムにはそれでじゅうぶん、
お茶の時間になったら帰ってこようね

何日も何日も航海は続く
最高に楽しく遊んでいたんだ
だけどトムの奴、落ちて膝を打っちゃった
だから船に残ってるのはぼく一人

H

この詩集には船や航海をテーマにしたものが多い。イギリス人は、なかんずくスコットランド人は果敢に海に出た。親戚の誰それは船乗りという話もよく聞いただろう。子供は家にあるものを使って海の冒険をなぞって遊ぶ。

N

こんな夜には　Young Night Thought

一晩中、そして毎晩、
ママが部屋の灯りを消したら
ぼくには見えるよ、昼間みたいにはっきりと
ぼくの目の前、みんなが行進していく

兵隊さんに皇帝、王さまだって
みんないろんなものを持って
胸を張って意気揚々と
こんな光景、昼間には見たことないよね

そう、見たことないくらい素敵なショーなんだ
芝生の上の大きなテント
あらゆる動物たちに、それから人々
隊列組んで、行進してる

最初はゆっくり、
それからだんだん速く
それでもぼくは一緒に歩いて行く
やがて、眠りの町にたどり着くまで

H

夜もこの詩集の主題の一つだ。昼間は日常の
ことに満たされているけれど、寝床に入って
一人になったらその後は想像力のかぎり別の
世界に遊べる。兵隊さんや王様や動物はたぶ
ん昼の間に絵本で見たのだろう。夜、それが
帰ってくる。

N

PIRATE STORY

海賊ごっこ　Pirate Story

ぼくら三人、揺れる草原に浮かぶ三人
ぼくら三人、バスケットに乗った三人
風が吹く、春に吹く
草の波は、まるで海の波

船に乗って、さぁどこまで冒険に出かけよう
天気を読んで、星を頼りに
舵を切って、アフリカまで向かおうか
それともプロビデンス、バビロン、
マラバルを目指そうか

おっと、あれは海に浮かぶ艦隊かな？
違う、ごうごうと草原を走ってくる牛たちだ！
早く早く、逃げなくちゃ
あいつらめちゃくちゃ興奮してる
くぐり戸は港、庭は浜辺だ

𝓗

この詩集が出る二年前にスティーヴンソンは
『宝島』を刊行しているのだから海賊はお手
のもの、子供たちは草っぱらに置いたバスケ
ットで海に出た気分。アメリカ、イラク、イ
ンドの地名が世界の広さを教えてくれる。

𝒩

お布団の国には　The Land of Counterpane

ぼくは病気で、ベッドに寝ていた
頭を二つの枕で支えて
ぼくのおもちゃを全部並べた
一日中、楽しく過ごせるように

そうして、ときには一時間やそこら
鉛の兵隊が行進するのを見てたんだ
みんな違う制服を着て、演習してる
お布団の間を通り、丘を通り

そうして、ときには艦隊を送り出す
シーツの海を進め、縦横無尽に
あるいはおもちゃの木やおうちで
いろんなところに町を作ってみたり

ぼくは巨人だ、おっきくてすごいんだ
枕の丘にどんと座って
目の前に広がる、お山に野原
すてきなお布団の国を眺めている

H

ベッドを抜け出して

Escape at Bedtime

応接間とキッチンの灯りが
　細く零れてる
　　ブラインドや窓の桟の隙間から
ぼくの頭の上を滑っていくんだ
　たくさんの、
　　すっごくたくさんの星たちが

どれだけいっぱい葉っぱがついた木よりも、
　　教会や公園に集まる人より、もっとたくさん
空の上からぼくを見下ろしている、
　　くらやみの中瞬いている、星の群れ
おおいぬ座、北斗七星とオリオン座も全部
　　船乗りの星に、火星
お空の上で光っている。塀の側に置いてあるバケツの中、
　　半分入っている水の表面に映る、星たち
だけど、とうとうぼくは見つかっちゃった
　　叫びながら追いかけられて、
　　すぐさまベッドの中に押し込まれた
でもね、ぼくの目はまだ光でいっぱい
　　頭の中では輝く星がぐるぐる回ってる

H

夜、子供はベッドに入り、お母さんが灯を消
して出て行く。そのまま眠るはずがまたベッ
ドを出て窓から星空を見る。星の名はどれも
詩的だからこういう風に使いやすい。脱出を
見つかって大騒ぎになるのが愉快。

N

干し草小屋で　The Hayloft

気持ちの良い草原には
草が肩くらいまで伸びていた
輝く大きな鎌が、広く遠く刈り取っていく
これはみんな干し草になるんだ

青々として、甘い匂いのする草
荷馬車に乗って運ばれて
小山みたいに積み上げられている
まるで登るためにあるみたいじゃない？

これは透明山、こっちは錆釘山
大鷹山に、高々山
この山に住むネズミたちだって
ぼくほど幸せじゃないさ！

なんて楽しい山登り
なんて楽しい遊び場
甘い匂いのする、暗くて埃っぽい
大好きな干し草の山！

H

牧場に遊びに行った一日。牧草の刈り入れに
使う鎌は立って使うよう長い柄がついている。
これを大きく円を描くように動かして一気に
たくさんの草を刈る。干し草の山はそれは子
供の天国だろう。あんまり崩すと叱られるよ。

$\mathcal{N}$

THE MOON

月　The Moon

月の顔は広間の大きな時計にそっくり
月は庭の塀を越える泥棒を照らす
街路を照らし野原を照らし港の桟橋も照らす
それから木の枝の間で眠る小鳥たちも

にゃんにゃん猫もきーきー鼠も
玄関横のわんわん犬も
昼はぐっすり寝ている蝙蝠(こうもり)だって
みんな外に出て月の光を浴びるのが好き

でも昼間に属する者たちは
月の光を避けて丸まって眠る
花も子供もみんな目を閉じている
朝が来て日がまた昇るまで

N

遠い国　Foreign Lands

桜の木によじ登る
誰が登るの？　それはぼく
両手でしっかり幹に攔まって
遠い国まで見渡すんだ

お隣の庭だって見えるよ
ぼくの目の前に広がるたくさんの花たち
それから今まで見たことないような
素敵な場所だって見えたんだ

さざ波のたつ川に
青い空が映っている
土の道が曲がりくねって
行き交う人たちが町へ向かう

もしもっと高い木に登ったら
もっともっと遠くまでだって見えるだろうな
小さな川はやがて大きくなって
船でいっぱいの海まで行くんだ

この道は先へ先へと伸びて
やがて妖精の国に辿り着く
どんな子もみんな、五時になったらご飯を食べて
おもちゃはみんな、動きだすんだ

H

高いところに登れば遠くが見える。子供は水平を垂直に置き換えるこの原理を応用し、木に登って視野を広げる。それが高じて海を行く船が見えるところまで想像力で登る。その先はもうフェアリーランド。でも夕食には戻ってくる。

N

ぼくの家では　System

毎晩、ぼくはお祈りをする
だから美味しいご飯が食べられる
それに良い子にしていたら
お食後にオレンジも貰えるんだ

でもね、おもちゃもおやつも
いっぱい持っているのに
お行儀が悪くて、きれいにもしない子
悪い子なんだよね、きっと
それともパパに遊んで貰えないのかな

H

子供が世の中の仕組みを理解しようとしてい
る。いい子にしていればおいしいオレンジが
貰える。では行儀の悪い子がおもちゃをたく
さん持っているのは？　この矛盾はほとんど
神学である。疑問は疑問のままにしておくし
かない。

N

海辺で　At the Seaside

ぼくが海辺に行くと
誰かが木のシャベルをくれました
砂浜の砂を掘るために
ぼくの穴はコップのように空っぽ
でもぜんぶの穴に海がやってきたら
それ以上は入らないほど水でいっぱい

N

AT THE SEASIDE

When I was down beside
the sea,
A wooden spade they gave
to me
To dig the sandy shore.

My holes were hollow like
a cup,
In every hole the sea came
up,
Till it could hold no
more.

HAPPY THOUGHT

The world is so full
of a number of things,
I'm sure we should all
be as happy as kings

楽しい考え　Happy Thought

この世界には
いろんなものがいっぱいあるから
ぼくたちはみんな
王さまみたいに幸せなはず

N

眠り国　The Land of Nod

朝ご飯から始めて一日中
ぼくは家にいて友達と一緒
でも夜は毎晩ぼくは外国に行く
とっても遠い眠り国へ

ぼくは一人で行かなきゃならない
何をするのか誰にも言わずに
たった一人で流れに沿って歩き
夢の山の斜面を登る

とっても変なことがたくさん待っている
食べる物だけでなく見る物も
外国だから恐い光景だってある
眠り国に朝が来るまでは

なんとか帰り道を見つけなければ
昼間になる前に戻れなくなる
それにあっちで聞いたおかしな音楽も
くっきりきちんと覚えておけない

N

風の夜　Windy Nights

月と星がすっかり空に飾られて
風が強い夜はいつも
暗い湿った中を一晩中ずっと
男が一人、馬を駆って走っている

夜が更けて明かりがすべて消えているのに
何のために彼はどんどん早駆けで走るのか？
木々が大声で叫ぶ時はいつも
海で船が揺さぶられる時はいつも

街道に沿って低いけれどよく通る音をたてて
早駆けで彼の馬は行く
早駆けで彼の馬は行って、やがて
また早駆けで帰ってくる

N

雨　Rain

雨はどんどんどこにでも降る
野原にも木の上にも降るし
この傘の上にも降っている
それから海の船の上にだって

N

RAIN

The rain is raining
all around.
It falls on field
and tree,
It rains on the um-
brellas here,
And on the ships
at sea.

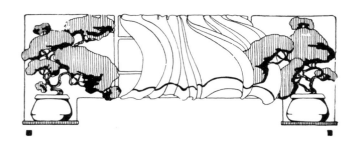

お日さまの旅　The Sun's Travels

お日さまは、ぼくが寝ているとき、起きている
ぼくが枕の間で眠っている間に
地球をぐるっと一周しているんだ
そうして朝がやってくる

輝くような、お日さまでいっぱいのお家
ぼくらが日当たりのいいお庭で遊ぶとき
インドでは眠たい子どもたちが
お休みのキスをしてもらっている

そして夕方になって、ぼくらがお夕飯を食べる頃
大西洋の向こうは朝焼けだ
西の国に住む子どもたちは
起きてお着替えの時間

H

子供の頭の中はまだ天動説のままだが、しか
し地球が丸いことは知っているし世界地理も
わかっている。つまり時差の概念を理解して
いる。なんと言っても海の民の国なのだ。他
の子たちに得意そうに説明したりして。

鏡の小川　Looking-Glass River

滑らかに流れる小川
こちらでかげり、そちらできらめき
ほら、川底にきれいな小石が見える！
なんて静かな水面（みなも）でしょう！

流れくる花びら、銀色の小魚
空気のように澄んだ水たまり
子どもたちがどんなに願ったことか
この川底に住んでみたいと

わたしたちの顔が映って見える
揺れる水に浮かんで見える
その水の下、なんて涼しくて
密やかに暗いこと

風が吹いてさざ波立つ水の面
カワウソが滑り込んだの？　それとも跳ねる鱒<ruby>鱒<rt>ます</rt></ruby>？
きらきらと広がり
水鏡を消していく

見て、波紋の追いかけっこ
その下は夜のように暗い
まるでお母さんが
灯りを消したときみたいに

もう少し待ってて、子どもたち
もうすぐ波紋は静かに収まる
そうしたら、また水鏡は澄んで
全てがその表に映るから

H

精密な自然観察とファンタジーが混じっている。波紋という小さな事件があってすぐ収まる。キングズリーの『水の子』という小説は煙突掃除のトムという子が本当に水の中で暮らすようになる話だった。R.L.S.は当然読んでいたはずだ。

$\mathcal{N}$

ぼくの点灯夫さん　The Lamplighter

そろそろお夕飯の時間
太陽も空を離れていく
さぁ、窓辺に行かなくちゃ
点灯夫さんのお仕事を見るために

毎晩、お夕飯のこの時間
ぼくがテーブルに着く前に
ランタンと梯子を持って
通りをやってくるんだ

トムは運転手になるんだって
マリアは海に行きたいって
ぼくのお父さんは銀行にお勤めしていて
とってもとってもお金持ち

でもぼくがもっと大きくなったら
もし選べるのなら
ねぇ、点灯夫さん、君と一緒に
夜になったら火を灯して歩きたいんだ！

すっごく運が良いことに
ぼくの家はドアのすぐ前に街灯がある
だから点灯夫さんが火を灯して
辺りを明るくするのが見えるんだ

ねぇ今夜、梯子とランタンを持って
急いで立ち去るその前に
点灯夫さん、君を見てるぼくを見て
そしてぼくに頷いてくれないかなぁ

H

この職業はもう無い。電気が普及する前、街灯はガス灯だった。梯子とランタンを持って一つずつの街灯に灯をともす。子供はそれに憧れる。ずっと先の話だが『星の王子さま』の中でも点灯夫は王子さまに尊敬される唯一の大人だった。

N

旅に出よう　Travel

さぁ、旅に出よう
金色の林檎がなるところ
全然違う空の下、
オウムの島が錨を降ろすところ
そこでは、オカメインコや山羊が見守る中
寂しいロビンソン・クルーソーたちが船を作っている
太陽の光が隅々まで届くところ
何マイルも離れた、東の国
モスクとミナレットは
砂の庭の中でそびえ立つ
遠くから近くから集められた素晴らしい品々が
バザールに吊り下げられ、売られている

中国の万里の長城をゆけば

片側は全部砂漠なんだ

もう片側は、鐘に声、そして太鼓が

とどろき渡る大きな町

炎のように暑いジャングル

イギリスみたいに大きくて、塔みたいに背が高い

お猿でいっぱい、それとカカオの実

それから肌の黒い狩人の小屋も

ゴツゴツしたクロコダイル

寝そべって瞬きするナイル

真っ赤なフラミンゴが飛び来たって

その目の前でお魚を捕っている

近くて遠いジャングル

人食いトラが潜んでる

身を伏して耳を澄まして

狩りが近づいてきてるんじゃないかって

それともほら、すぐそこの角のところに

輿に揺られて獲物がやってきてるのかも

砂漠の中には、砂に埋もれた

廃墟の町があるんだ

そこにいた子供たち、召使いも王子さまも
もうすっかり大人になってる
通りにも、家の中にも、今は足音も聞こえない
子供も、ネズミも、もういない
やがて優しく夜の帳（とばり）が落ちても
灯り一つ、瞬かない
いつかぼくが大人になったらそこに行くんだ
ラクダのキャラバンを引き連れて
埃まみれの居間の暗い片隅
ぼくが火を灯すと
壁に掛かっていた絵が見える
英雄たち、戦いとお祭りと
それにほら、部屋の隅っこに
昔のエジプトの子供のおもちゃを見つけるんだ

H

いかにもこの時期のイギリス人らしい世界一
周旅行。後半で廃墟の町が出てくるが、廃墟
は当時の美術や文学で流行したテーマだった。
また考古学者は中近東などあちこちで遺跡を
発掘して古代の人々の遺物を見つけた。

N

ぼくのベッドは船　My Bed is a Boat

ぼくのベッドは小さな船
乳母の手を借りて乗船する
水夫の服を着せてくれて
暗い中で、さあ港を出なさいと言う

夜の間はずっと船の上
陸の友達ぜんぶにお休みと言ってやる
目を閉じて航海に出る
もう何も見えないし聞こえない

時々はちょっとしたものを寝床に持ち込む
用心深い水夫がするように
ウェディングケーキの一かけとか
おもちゃの一つ二つとか

一晩中ぼくと船は暗い海を行く
でも最後には昼の光が帰ってくる
自分の部屋に戻って安心する
すぐそばの桟橋には船がしっかり繋いである

N

ここでは眠りそのものが航海なのだ。乳母に促されての就眠は出港であり、眠る間は友達の姿も見えない海の上。おやつは持ち込んでも夢は見ない。深い安心の眠り。朝になって帰港するが、次の晩のために船は桟橋で待機している。

N

思い出の水車　Keepsake Mill

悪いことだって知ってたけれど、境を越えて
　　小枝を折り、下からくぐり抜けて
庭の壁の隙間から外に出た
　　ぼくら、川のほとりに下りていったんだ

雷みたいに轟<ruby>轟<rt>とどろ</rt></ruby>く音、回れ回れ水車
　　ぐるぐる弾けて泡立て、水の<ruby>堰<rt>せき</rt></ruby>
競いあって流れろ、水門の水
　　家からすぐ近くに、こんな素敵な場所があるなんて

村の物音がだんだん遠くなっていく
　　丘の上の小鳥の鳴き声も、もう聞こえない
水車小屋の番人の目は、埃でいっぱいで見えていないし
　　耳は水車の立てる音で何にも聞こえてない

回れ回れ水車、どんなに月日がたっても
　　川の中で水車を回せ、
　　　いつの世の子どもたちのためにも

いつまでも轟け、水をかき混ぜて回れ
　　子どもだったぼくらがいなくなった、その後でも
みんな帰ってくる、インド諸島から、海の向こうから
　　英雄になって、兵士になって、いつか帰ってくる
それでもぼくらは見るだろう、
　　今も変わらず動いている水車を
　　　　川をかき混ぜて、泡立てているのを

君は、ぼくらが喧嘩したときにあげた
　　仲直りの印の豆を握りしめ
　　　ぼくは、君が先週くれたビー玉を持って
年を取って、誉れを得て、華やかな服を着て、
　　もう一度ここに集まって、昔を思い出すんだ

　　　　　　　　　　　　　　　　　　ℋ

見えないぼくの友達　The Unseen Playmate

緑に囲まれ、一人で遊んでいると
見えない友達がやってくる
満ち足りて、一人しずかに、いい子にしていると
森の中からやってくる

誰にも聞こえない、誰にも見えない
絵に描くことだってできない
だけど、世界中どこでも、家の中にも、必ず来てくれる
満ち足りて、一人しずかに遊んでいると

その子は月桂樹の中に寝そべって、その子は草の上を走る
君がガラスの鈴を鳴らせば、ほら一緒に歌ってくれる
なぜだかわからないけど、幸せな気持ちの時には
見えない友達が必ず側にいるんだ

見えない友達は子供でいたい、
大人になんてなりたくない
君が作った洞窟に住んでいて
錫の兵隊で遊ぶときには
ナポレオンの味方をして、いつも負けてくれる

見えない友達は、君が夜、ベッドに寝に行くとき
思い煩うことなく、眠ることができるよう
戸棚の中や、棚の上、どこに置いてあったとしても
君の大事なおもちゃたちを見ていてくれる

ℋ

船とぼく　My Ship and I

ぼくは船長、この小さくて素敵な船の船長
　ぼくの船は帆走する、この池の上を
今はくるくる回ってばかりいるけれど
　でもいつか、大きくなったらきっと、
船をまっすぐ進められる、
　秘密を見つけ、池の向こうまで行くんだ

ぼくが舵のところにいるお人形くらい小さくなって
　お人形は生きた人間になる
彼を助手にして、さぁ帆を張って出発だ
素敵な風が吹いてきたぞ、水の上をすいすい進もう
さぁゆけ船よ、どんどん進め

ね、見えるでしょ？　藺草や葦の中を進むぼくのこと
　聞こえるでしょ？　船の舳先で水が歌っているのが
お人形の水夫と一緒に、冒険の旅に出かけるんだ
この子が今まで見たこともないような島を見つけたら
　船首のちっちゃな大砲をぶっぱなして上陸しよう

ℋ

ぼくはいい子　A Good Boy

今朝は早く起きたし、ずっと楽しく過ごしてたんだ
悪い言葉なんて使わなかったし、
にこにこいい子で遊んだよ

とうとうお日さまが、森の向こうに沈んでいく
ぼくはとっても満足、
だって今日はずっといい子でいられたもの

ひんやり気持ちいいベッドが待ってる、
真っ白で柔らかいシーツと
ぼくはこれからまた眠らなくちゃ、
お祈りも忘れてないよ

ぼくは知ってる、また明日、お日さまが昇ること
怖い夢を見ることはないし、
悪いものを見ることもないって

ぐっすり眠ろう、夜明けに目が覚めるまで
芝生の周り、ライラックの茂み、
ツグミの歌が聞こえるまで

𝓗

すてきなかんがえ　　A Thought

こういうふうに、かんがえるのがすき
　せかいじゅう、おいしいごはんとのみものでいっぱい
ちっちゃなこたち、みんなが
　かみさまありがとう、っておいのりしてるんだ

$\mathcal{H}$

· A THOUGHT ·

It is very nice to think
The world is full of meat and
drink
With little children saying grace
In every Christian kind of place.

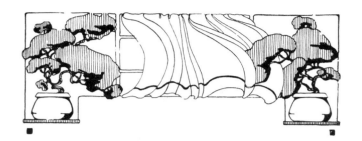

ぼくの王国　　My Kingdom

輝く水の湧く泉の側に
小さな谷を見つけたんだ
　　ぼくの背丈よりも小さな
その周りではヘザーやハリエニシダ
枝いっぱいに夏の花を咲かせている
　　黄色や赤や、色とりどりの

ぼくは小さな水たまりを海と呼び
小さな丘を山だと思った
　　だってぼくはとっても小さい
船を作り、町を作る
洞窟を隅から隅まで探検した
　　その全部に名前もつけた

これはみんなぼくのもの
頭の上を飛ぶ小さな雀たち
　　小魚だってぼくのもの
ここはぼくの世界、ぼくが王さま
蜜蜂は、ぼくのために歌ってくれるし
　　燕だってぼくのために飛んでくれるんだ

ぼくが遊ぶ海より深い海はない
ぼくが遊ぶ原っぱより広い原っぱはない
　　ぼくの他に王さまはいない
でも、ついにお母さんがぼくを呼ぶ声が
家の中から出てきて、もう夕方よ
　　ご飯を食べに戻っておいで、って

行かなくちゃ、さよならぼくの谷
水の湧き出る泉に
　　花盛りのヘザーたち
ああ！　お家に戻ってみたら
ぼくの乳母はなんて大きく見えたこと
　　お部屋がなんて広く見えて、涼しかったこと！

ℋ

王は自分の領土を統治する。そのためには地理を掌握していなければならない。昼間、誰もいない谷を自分の国と宣言し、水たまりを海に、小さな丘を山に見立てる。そして各所に地名を付ける。国家サイズのごっこ遊び。

$\mathcal{N}$

小さな王国　The Little Land

ひとりぼっちでお家にいて
つまんなくなっちゃったら
目を閉じてみるんだ
空を航海して
遠い国に行こう
遊びの国
妖精の国
小さな人たちの国では
シロツメクサはまるで木みたい
水たまりはまるで海みたい

葉っぱの小さな船に乗って
ちょっとした冒険に出かけるんだ
それからほら、草の間にそびえ立つ
　　ヒナギクの木
マルハナバチが鼻歌を歌いながら
　　頭の上を通り過ぎる

森の中を行ったり来たり
　　あちらを彷徨い、こちらをぶらつき
クモや蠅を眺めたり
それから、荷物を運ぶ
アリの行進を眺めたり
緑なす、草の大通りを歩いて行く
テントウムシと一緒に
ぼくも座ろうかな
ヤギムギによじ登れば
　　高いところを
大きな燕が通り過ぎていく

ほら、空の上を見て
　まるい大きな太陽がゆったり進む
　ちっちゃなぼくには目もくれず

　小さな森を、ぼくは通り抜けていく
　鼻歌を歌う羽虫やヒナギクの木、
　それからちっぽけなぼく自身
　絵に描いたように、くっきりと鮮やかに
　ぼくの足下、水たまりに映ってる
　まるで鏡みたいだね

　もし、すぐ近くに
　小さな葉っぱが落ちてきたら
　ぼくはすぐさまそのボートに乗り込んで
　水たまりの海にこぎ出すんだ

　賢そうな小さな生き物たち
　岸の草の影から覗いてる
　可愛い目をした小さな子たちが
　ぼくの船が行くのを不思議そうに見ていた
　中には緑の鎧を着てるのも
　（きっと戦いに行ってきたんだね！）
　それから色とりどりの服を着た人たち

黒に真紅、金色に青
羽根を広げて、さっと飛んでいく
だけど、みんな優しい目でぼくを見ている

ああ、だけど、目を開けちゃった
現実の世界が見えてくる
むき出しの壁に、だだっぴろい何にもない床
やたら大きな取っ手のついた、引き出しやドア
椅子に座る大人たち
ひだを縫ったり、穴をかがったり
ぼくが登った丘みたいにたくさんの繕（つくろ）い物
でもってひたすらぺちゃくちゃ喋（しゃべ）ってる
　　　ああ、ぼくは
　　　なんにでもなれたんだ
水たまりの海をゆく船乗りだった
　　シロツメクサの木に登る人だった
たった今、ぼくはそこから帰ってきたんだ
夜も更（ふ）けて、もうすっかり眠くなって

　　　　　　　　　　　　　　　　　　　　　H

子供の空想の一つに小さくなるというのがある。草が木に見えるくらいのミニチュアの自分。だから葉っぱがボートになる。ぼく（夏樹）にはゼニゴケが空から見た椰子の木の林に見える。試してください、本当だから。

N

昼と夜　Night and Day

黄金色の一日が
　閉ざされた門の向こうへ消えてゆく
子どもたち、お庭や花々、それにお日さま
　この世のものが消えてゆく

陰が下りてくる
　太陽の光も覆い隠される
　夕闇の帳^{とばり}の下
　消えていく、薄れていく

暗い庭では、ヒナギクも花を閉じた
　子どもたちはベッドの中で
ツチボタルは轍^{わだち}の中で
　ネズミたちはがらくたの山でまどろむ

暗闇の中、家には灯が輝いている
　お父さんとお母さんが蠟燭を持って歩き回る
　やがて眠りの精が現れて
　寝室のドアをそっとしめるまでの間

やがてまた一日が始まる
　東の空が明けてゆく
生け垣やハリエニシダの茂みで
　眠っていた小鳥も目を覚ます

暗闇の中から、家々や木、生け垣
　それぞれの形が少しずつ
見えてくる。そして窓の向こうでは
　雀が羽根を羽ばたかせている

物音に起きたメイドがあくびをしながら
　扉を開けるだろう
庭の空き地にきらめく朝露を見て
　朝がやってきたことを知る

昨日の夕べ、次第に薄れ
　　窓の外に消えていった
わたしの庭が蘇る
　　緑と薔薇に縁取られ

夜の闇に、まるでおもちゃを片付けるように
　　閉ざされていったものたち
再び日の光の中で輝いている
　　光溢れる天の下で

どんな道、どんな空き地にも
　　どんな小さな薔薇の茂みにも
それからわすれな草の上にも
　　朝露がキラキラ輝いている

「起きて！」声が聞こえる
　　「朝が来た」笑いさざめく谷間に
朝の太鼓を打ち鳴らそう
　　さぁ子どもたち、こちらにおいで

H

昼間から夜への推移をいくつもの小さな場面を重ねて丁寧に描く。そして（夜の間は省略して）朝が来て世界が光を取り戻し、万物が動き出すところをまた丁寧に描写する。朝の到来そのものが誰もにとって祝福なのだ。

N

積み木の町　　Block City

積み木で何が作れるか知ってる？
お城に宮殿、お寺に船着場
雨が降る日、みんなはお外をうろうろ
でもぼくは、おうちの中で幸せ、積み木で遊んでる

ソファは山でしょ、カーペットは海
そこに大きなぼくの町を作るんだ
教会に水車小屋、その横に宮殿も
そうだ、ぼくの船に乗るための港もなくちゃね

柱と壁でできた、大きな宮殿
てっぺんには塔も建てよう
階段をきれいに並べて、入り江まで繋げよう
ぼくのおもちゃの船が風を避けるためにね

あちらは航海に出るところ、こちらは戻って来て係留中
甲板で船乗りたちが歌う歌が聴こえてくる
ほら見て、ぼくの宮殿の階段を、王さまが
贈り物を持って昇ったり降りたりしている

さぁ、これで終わり、もう壊しちゃえ
あっという間に町は消えちゃった
積み木は重なって、散らばって、転がって
海の側のぼくの町、もう何も残っていない

だけど、ぼくには今も見えるんだ
教会に宮殿、船と船乗りたち
この先どれだけ時間がたったって、どこにいたって
ぼくは忘れないよ、海の側のあの町を

$\mathcal{H}$

おもちゃには実物のミニチュアが多い。まま
ごと道具がいい例だ。しかし積み木は何のミ
ニチュアでもなく、小さな世界を作るための
素材であり、それだけ創造性が発揮される。
ぼくは今でも自分の積み木の一片ずつを覚え
ている。

N

絵本の国で　The Land of Story-Books

辺りは夕暮れ、明かりが灯る
ママとパパはおうちの中でのんびり
暖炉の前に座って、歌ったりお話ししたり
でも遊んだりはしないんだ

よし、今だ　ちっちゃな銃を持って
壁に沿ってそうっと暗闇の中を這っていく
ソファの背もたれ、後ろの暗がり、
森の小道を辿っていく

誰にも見られない夜の中
ぼくは狩人の小屋で眠るんだ
そうして、この間読んだ絵本の国で遊ぶ
お休みの時間が来るまでの間

ここには丘、ここには森
ここは星でいっぱい、でもぼくは一人きり
ここには川もあって、
ライオンが吠え、水を飲みに来る

遠くにママとパパが見える
キャンプのたき火に照らされているみたい
ぼくはインディアンの斥候だ
キャンプの周りをそうっと巡る

ああ、とうとう乳母がぼくを呼びに来ちゃった
海を渡っておうちに帰らなくちゃ
後ろを振り返り振り返り、大好きな絵本の国を
思い出しながら、ベッドに潜り込む

H

昼の間に読んだ絵本の内容を夕暮れ時になって自分の家の居間に投影して密かな探検に出る。想像のままに大きな世界が現出する。そして呼び戻される。やがてスティーヴンソン自身が海に乗り出してサモアに至り、帰りはしなかった。

N

Looking Forward

When I am grown to man's estate
I shall be very proud and great,
  And tell the other girls and boys
Not to meddle with my toys.

ずっと先のこと　Looking Forward

ぼくが立派な大人になった時
たぶんぼくはプライドのある大人物
だから他の女の子や男の子に言うんだ
ぼくのおもちゃに手を出さないで

N

夏のお日さま　Summer Sun

大きな大きなお日さまが、空の上を渡っていく
空(から)っぽの広いお空を、休むことなくぐんぐんと
真っ青に輝くぴっかぴかのお天気の日には
雨よりたっぷり光を降らせる

お部屋に涼しい日陰を作るため
窓の日よけを閉めたって、
それでもお日さまは小さな隙間から
光の指をそっと入れてくる

埃と蜘蛛(くも)の巣でいっぱいの屋根裏部屋にも
鍵穴から忍び込んでくる
梯子のかかる干し草小屋の壁の隙間からだって
そうっと入って来て笑ってる

そうしているうちにも、お庭では
金色のお顔で隅々まで微笑みかけてる
ツタで覆われた小さな暗がりにも
あったかくてキラキラの光を届ける

丘の上にも、空の上でも
目映く輝く空気の中を、お日さまは進む
子どもたちを笑顔に、薔薇の花を鮮やかに
だってお日さまは、世界一の庭師だもの

H

観察が細かいことに感心する。空いっぱいの太陽ならば明るいと眩しいで済む。そこで隙間から差し込む日の光を一つまた一つと拾い上げる。ツタの隙間から差し込むあたり、いたずらっぽくてとてもよい。詩人は世界を肯定する。

N

この本を読む君へ　To Any Reader

おうちの中から、お母さんが
庭の木の周りで遊ぶ君を見ているみたいに
もし君が、この本を窓にして中を覗いたらさ
別の庭で遊んでいるちっちゃな子が
遠く遠く、見えるかもしれない
だけどね、窓を叩いて大きな声で
その子を呼んでも聞こえない
遊ぶのに夢中だからね
聞こえないし、見えてない
本の中からは出てこないんだ
本当のことを言うとね、ずーっと昔に
その子はすっかり大きくなって、行っちゃった
君が見ているのは、その子の心だけ
昔、この庭で遊んでいた、その子の心なんだ

H

　この置換のマジックはすばらしい。本の中の
子供と読者の関係がそのまま家の中の母親と
庭で遊ぶ子供に置き換えられる。それが更に
過去と現在の関係にすり替わる。最後には淋
しさが来る。本当はもうこの子たちはいない
のだ。

N

とても私的なあとがき

　中学校に入って英語の授業が始まってから、母が手引きをしてくれた。

　母は大学で英語・英文学を学び、戦後の一時期はPX（進駐軍の将兵相手のデパート）で売り子をして一家の家計を支えていた。読むのはもちろん、FEN（米軍の極東放送）をラジオで聞いて同時通訳で家族に説明できるくらいの能力があった。

　彼女は原條あき子という名で詩を書いていたから日本語の能力も高い。

　教科書にprogramという言葉が出てきたのをぼくが安直に「プログラム」と訳すと「ちゃんと辞書を見なさい」と言ってその文脈に適切な「番組」という言葉に導いてくれる、という具合。

　その母が買ってきてくれたのが R.L.Stevenson の "A Child's Garden of Verses" という大判の絵のきれいな詩集だった。

　あの頃だからたぶん丸善まで行って買ってきたのだろう。大学の英文科でこの本のことを知っていたのかもしれない。英語圏の子供にとっては身近な本だ。

　まずもって子供向けであり、しかも詩である。短

くてちょっとは読解力が要る。詩人の気持ちが伝わる。

それを母と一緒に一篇ずつ丁寧に読んだ。

今にして思えばこれは恋が始まった頃に神戸で父（福永武彦）が母に施したボードレールの『悪の華』の講読と同じ構図である。やがて二人は結婚してぼくが生まれた。この家系の先に春菜がいる。

英国人にはR.L.S.という頭文字だけでわかるほど有名なロバート・ルイス・スティーヴンソンはぼくにとってもこの詩集に出会う前から親しい作家だった。

人生の至るところで出会った。

母と別れた父が密かに送ってくれた創元社の『世界少年少女文学全集』に『宝島』があった。あれに夢中にならない子供はいない。

それからこの詩集を読み、短篇をたくさん読み、中島敦の『光と風と夢』を読んだ後ではその素材になったスティーヴンソンのサモアからの書簡という体裁のエッセイ集"Vailima Letters"四巻を手に入れて拾い読みした。

フランスのフォンテーヌブローという町に住んでいた時、脇を流れるセーヌ川（下流がパリ）の少し上のグレ・シュル・ロワンという村にスティーヴンソンが後の妻のファニーと初めて出会ったというホテルがあると知って行ってみた。アメリカ人のファニーは彼より年上で、戸籍の上では人妻、だらしのない夫と別居し二人の子を抱えてヨーロッパを転々としながら文筆で世を渡っていた。二人はやがて結婚し、彼女は病弱のロバートを死ぬまで世話しながら多くの作品の執筆に手を貸すことになる。

　この『子供の詩の庭』が刊行されたのは一八八五年、イングランドの南の港町ドーセット州のウェストバーンに住んでいた時である（二年ほど前にここで『宝島』を書いている）。彼がアメリカに渡り、太平洋の島々を経てサモアに定住するのはまだ数年先のことだ。
　この詩集はもっぱら子供向けだが大人にもずいぶん愛されている。
　ぼくはわがままに自分が母と読んだ詩九篇を選んで訳し、残りは春菜に任せた。ぼくが訳した中でと

りわけ実感があるのが「夏のベッド」。R.L.S.が生まれ育ったスコットランドまで行くと夏は本当に日の暮れるのが遅い。夕食の後でまだまだ遊べる気がするし朝はあっという間に来て明るくなる。スコットランドには何回も行ってそのたびに何十日も過ごし、そのことは長篇『光の指で触れよ』に書いた。インヴァネスに近いフィンドホーンという村に滞在して、毎朝のようにこの詩を思い出した。

　日本で子供向けの詩を書いた詩人としては、まどみちお、阪田寛夫、工藤直子などの名が浮かぶ。また子供が声に出して読むのにふさわしい詩を集めたアンソロジー『おーいぽぽんた』（福音館書店）は名著である。編集が茨木のり子、大岡信、川崎洋、岸田衿子、谷川俊太郎、絵を描いたのが柚木沙弥郎、という豪華メンバー。

二〇二一年十月　札幌　池澤夏樹

ロバート・ルイス・スティーヴンソン

1850－1894。イギリスの小説家、詩人。病弱のため、転地療養しながら創作活動をつづけ、四十四年の生涯で数々の名作をのこす。著書に『宝島』『ジキル博士とハイド氏』『新アラビア夜話』『子供の詩の庭』などがある。

マートル・シェルドン

1893－1939。アメリカの絵本画家。子どもの本の挿絵を多く手がけた。主な挿絵の作品に、『A Child's Garden of Verses』（本書）や、エレン・タリーの『Janie Belle』などがある。

本書の挿絵は M.A.Donohue社（シカゴ）版（1916）に収録されたものを使用した。

池澤春菜（いけざわ・はるな）
1975年生まれ。声優・歌手・エッセイスト。幼少期より年間三百冊以上の読書を続ける活字中毒者。とりわけSFとファンタジーに造詣が深い。お茶やガンプラ、きのこ等々、幅広い守備範囲を生かして多彩な活動を展開中。2020年9月より、日本SF作家クラブ会長。著書に『乙女の読書道』、『SFのSは、ステキのS』、『最愛台湾ごはん　春菜的台湾好吃案内』、『はじめましての中国茶』、『おかえり台湾』（高山羽根子との共著）、『ぜんぶ本の話』（池澤夏樹との共著）、『無垢の歌』（W・ブレイク著、池澤夏樹との共訳）などがある。

池澤夏樹（いけざわ・なつき）
1945年生まれ。作家、詩人。小説、詩やエッセイのほか、翻訳、紀行文、書評など、多彩で旺盛な執筆活動をつづけている。また2007年から2020年にかけて、『個人編集　世界文学全集』『個人編集　日本文学全集』（各全30巻）を手がける。著書に『スティル・ライフ』、『マシアス・ギリの失脚』、『世界文学リミックス』、『ワカタケル』、『ぜんぶ本の話』（池澤春菜との共著）、『無垢の歌』（W・ブレイク著、池澤春菜との共訳）など多数。

子供の詩の庭

印刷　2021年12月15日
発行　2021年12月25日

著者　　ロバート・ルイス・スティーヴンソン

訳者　　池澤春菜・池澤夏樹

発行人　小島明日奈

発行所　毎日新聞出版
　　　　〒102-0074
　　　　東京都千代田区九段南1-6-17 千代田会館5階
　　　　営業本部　03-6265-6941
　　　　図書第一編集部　03-6265-6745

印刷　　精文堂印刷
製本　　大口製本